8° Yf dieie 564

HENRI CORDIER

LA PARTIE DE CHASSE
DE HENRI IV

COMÉDIE DE COLLÉ

PARIS

LIBRAIRIE HENRI LECLERC

219, RUE SAINT-HONORÉ, 219

et 16, rue d'Alger.

1907

BIBLIOTHÈQUE NATIONALE
IMPRIMÉS

LA PARTIE DE CHASSE
DE HENRI IV

COMÉDIE DE COLLÉ

Pièce
8° Yf
564

HENRI CORDIER

LA PARTIE DE CHASSE
DE HENRI IV

COMÉDIE DE COLLÉ

PARIS

LIBRAIRIE HENRI LECLERC

219, RUE SAINT-HONORÉ, 219

et 16, rue d'Alger.

1907

EXTRAIT

DU

BULLETIN DU BIBLIOPHILE

TIRÉ A 70 EXEMPLAIRES

LA PARTIE DE CHASSE

DE HENRI IV

COMÉDIE DE COLLÉ

———

En 1900, le Catalogue de l'Exposition rétrospective de la Ville de Paris marquait sous le n° 153 (en réalité, il portait le n° 152), un tableau de la Collection de Madame Thérèse Sedelmeyer, par Étienne Jeaurat, représentant « Piron, Panard et Collé à table ».

A droite, Collé coiffé d'un tricorne placé de travers, tient avec le bras droit étendu un verre plein, tandis que la main gauche appuyée sur la poitrine indique le sentiment de plaisir que le vin cause à l'estomac du buveur ; au milieu, Panard verse dans un verre qu'il porte dans la main gauche le contenu de la bouteille que soulève sa main droite ; à gauche, Piron, la figure épanouie, de la main gauche appuie solidement son verre sur la table, tandis que la droite retombe sur la cuisse.

C'est sous cet aspect truculent de buveur joyeux de Jan Steen ou de Teniers que l'on se représenterait volontiers le chansonnier Collé, si la publication posthume (1805-1807) de son *Journal historique* n'avait révélé tout ce que peut renfermer de rancœur et d'amertume, l'âme ulcérée de l'homme le plus gai en apparence.

Il est probable que la comédie dont nous allons dire quelques mots fut par les difficultés qui précédèrent et accompagnèrent sa représentation l'une des causes de l'aigreur d'humeur de Collé.

Robert Dodsley, né en 1703, probablement près de Mansfield, à la lisière de la forêt de Sherwood, dans le comté de Nottingham, fut un des libraires les plus intelligents de Londres au xviiie siècle ; en 1735, il avait ouvert boutique dans Pall Mall, à l'enseigne de Tully's Head, mais il ne renonça pas à la poésie et à l'art dramatique qu'il avait jusqu'alors cultivés avec succès. En 1737, il fit jouer au théâtre de Drury Lane une pièce sous le titre *The King and the Miller of Mansfield* (1) (Le

---

(1) The King and the Miller of Mansfield. A Dramatick Tale. As it was Acted At the Theatre-Royal in Drury-Lane. — By R. Dodsley. — London : Printed for the Author, at Tully-'s Head, Pall-Mall. [Price One Shilling.] in-8, pp. 28 ; Suivi de :

— Sir John Cockle at Court. Being the Sequel to the King and the Miller, pp. 29-64, in-8, s. d. [1737].

The King and the Miller a été réimprimé dans le *Supp. to Bell's British Theatre*, III, London, 1784, pp. 247/265 ; dans *Modern British Drama*, V, London, 1811, pp. 88/96, 97/105.

Roi et le Meunier de Mansfield) qui fut accueillie avec faveur.

Collé paraît avoir connu la comédie de Dodsley par la traduction qu'en donna Patu dans le premier volume du *Choix de petites pièces du théâtre anglais, traduites des originaux,* publié en 1756 par le libraire Prault. L'exemplaire de Collé examiné par M. Edmond Estève à la Bibliothèque municipale de Poitiers (n° 4924) porte cette mention autographe sur le titre du tome premier :

> A Collé ce livre appartint
> Auparavant qu'il te parvint.

Notre auteur eut l'idée d'en tirer une pièce en deux actes et en prose, écrite à La Celle Saint-Cloud, en juillet 1760 (1), qui fut jouée le 3 juillet 1762 chez le duc d'Orléans, à Bagnolet, avec Grandval dans le rôle de Henri IV, puis le 6 janvier 1763 ; en trois actes, elle fut représentée le 25 décembre 1764, avec le vicomte de La Tour Dupin comme Henri IV (2).

Collé a fait connaître dans son *Journal historique* les péripéties par lesquelles a passé sa pièce ; elles ont été narrées à nouveau dans l'intéressante préface que le

(1) Il avait alors 51 ans ; *Charles* Collé, né à Paris en 1709, est mort le 3 novembre 1783.

(2) Voir la note intéressante de M. Edmond Estève dans la *Revue d'Histoire littéraire de France,* oct.-déc. 1905, p. 692.

distingué sociétaire de la Comédie-Française, M. Jules
Truffier, a écrite en tête de l'édition du *Roi et le Meunier* qu'il a donnée en 1892, chez Tresse et Stock (1).

La pièce de Collé comprend un nombre assez consi-
dérable de personnages:

HENRI IV, roi de France.
Le Duc de SULLY, son premier Ministre.
Le Duc de BELLEGARDE, Grand Ecuyer.
Le Maaquis (*sic*) de CONCHINY, Favori de la Reine.
Le Marquis de PRASLIN, Capitaine des
   Gardes. } Personnages
Différents Seigneurs de la Cour. } muets.
Deux Gardes du Corps.
LA BRISÉE, } Officiers des Chasses de la Forêt
SAINT-JEAN, } de Fontainebleau.
Michel RICHARD, dit MICHAU, Meûnier à Lieursàin.
RICHARD, fils de Michau, Amoureux d'Agathe.
MARGOT, Femme de Michau.
CATAU, fille de Michau, Amoureuse de Lucas.
LUCAS, Paysan de Lieursain, amoureux de Catau.
AGATHE, Paysanne de Lieursain, amoureuse de Richard.
Un bucheron.
Deux Braconniers.
Un Garde-chasse, demeurant à Lieursain.

Malheureusement pour Collé, dès 1762, Mme de Pom-

---

(1) Collé. — Le Roi et le Meunier ou la Partie de chasse de
Henri IV, Comédie en deux actes reconstituée selon la version
primitive et conforme aux représentations du théâtre de l'Odéon
par Jules Truffier, sociétaire de la Comédie-Française. Paris,
Tresse et Stock, 1892, in-12, pp. 60.

padour avait interdit aux Comédiens français de jouer sa pièce ; malheureusement aussi pour lui, Sedaine, puisant à la même source anglaise, en tirait le 22 novembre 1762, la comédie *le Roi et le Fermier*.

Collé remania sa pièce, lui donna son titre définitif et sa forme en trois actes ; et se décida à la faire imprimer. L'approbation de Crébillon est datée du 12 décembre 1765, et *la Partie de chasse de Henri IV* fut mise en vente le 15 février 1766, chez la Veuve Duchesne (1).

(1) La ‖ Partie de Chasse ‖ de Henri IV, ‖ Comedie ‖ En trois Actes & en Prose, ‖ Par M. Collé, Lecteur de S. A. S. ‖ Monseigneur le Duc d'Orléans, premier ‖ Prince du Sang. ‖ — Prix, 24 sols. — ‖ A Paris, ‖ Chez la Veuve Duchesne, Libraire, Rue ‖ St. Jacques, au-dessous de la Fontaine ‖ St. Benoît, au Temple du Goût. ‖ —M.DCC.LXVI. ‖ Avec Approbation & Permission, in-8, pp. 108.

Sur le faux-titre : *Théâtre de Société*, et une citation d'Horace.

Épitre et avertissement de Collé en tête.

L'approbation au bas de la page 108 est signée de Crébillon et datée du 12 Décembre 1765.

Bibl. Nat. YTh,

20405.

La ‖ Partie de Chasse ‖ de Henri IV, ‖ Comédie ‖ En trois Actes & en Prose, ‖ Avec quatre Estampes en taille douce, d'après ‖ les Desseins de M. Gravelot. ‖ Par M. Collé, Lecteur de S. A. S. ‖ Monseigneur le Duc d'Orléans, premier ‖ Prince du Sang. ‖ —Prix, trois livres — ‖ A Paris, ‖ chez ‖ La Veuve Duchesne, rue Saint ‖ Jacques, au-dessous de la Fontaine ‖ S. Benoit, au Temple du Goût. ‖ Gueffier, fils, rue de la Harpe ‖ vis-à-vis la rue S. Severin, à la ‖ Liberté. ‖ M.DCC.LXVI. ‖ Avec Approbation & Privilège du Roi, in-8, pp. 120.

Dodsley était mort depuis deux ans.

Collé prend d'ailleurs le soin d'indiquer honnête-
ment dans son *Avertissement* (pages VIII–IX) la source
à laquelle il a puisé le sujet de sa pièce :

« Je ne dois pas laisser ignorer que j'ai pris l'idée & une
partie du fond de ma pièce *d'une Comédie Angloise*, dont la
traduction est imprimée. Le Public judicieux distinguera
facilement ce que je dois à l'Auteur Anglois, d'après ce qui
m'est propre. L'on verra aussi que les Mémoires de Sully ne
m'ont pas été inutiles.

« M. Sedaine, dont les talents & le génie marqué pour le
Théâtre sont si connus, n'a pas dédaigné de puiser dans la
même source que moi ; c'est de cette même *Comédie Angloise*
qu'il a tiré *le Roi et le Fermier,* ainsi qu'il l'a avoué lui-
même, en le faisant imprimer. »

Collé qui a vu sa pièce jouée partout avec succès est
naturellement désireux de la voir représentée par les
Comédiens du Roi, aussitôt que les circonstances lui
paraissent plus favorables, et dès 1771, nous assistons
à ses efforts pour assurer à sa comédie une bonne in-
terprétation ; il tient particulièrement à Mlle Doligny à
laquelle il écrit :

Avertissement de Collé en tête.
Fait partie du *Théâtre de Société.*
    Bib. nat. V. Th.
            13496.
    Gravelot a fait les dessins de quatre figures pour cette comédie ;
elles ont été gravées par Duclos, Rousseau et Simonet. — Cf.
Cohen.

7bre. 1771.

Vous me marquez, Mademoiselle, que vous ne sçavez trop ou vous avez mis la lettre, que je vous ai écrite au sujet de la représent.^{on} de *Henri quatre* ; vous m'en demandez une seconde ; je vous en écrirois cent, pour vous assûrer le rôlle de *Catau* ; ce Rôlle naïf, qui vous apartient, et qui est fait exprès pour vous, Mademoiselle.

Persone ne peut le rendre, avec plus de naturel, de grâces et de vérité ! Il deviendra quelquechose dans vos mains.

Faittes moi le plaisir, Mademoiselle, de vouloir bien dire, a Mad.^{elle} Hus, que je compte qu'elle voudra bien accepter le rôlle d'*Agathe*, qui est dévolû de droit à la première amoureuse. ce rôlle est dans le noble ; et, par conséquent, de son emploi.

Il est un Rôlle, dans une comédie, qui n'est pas de moy, que je désirerois fort de vous voir joüer, avant que de mourir. c'est le rolle de *Théréze,* dans le *Jaloux honteux* (1) ; il semble que feu Dufresny ait deviné qu'il viendroit, quelque jour, une actrice de la plus sublime naïveté, qui rendroit, divinement, ce Rôlle là ; et, cette actrice, si naturelle, c'est vous même, Mademoiselle.

Je ne sçais pour quelle raison, M. Molé, d'ingrate mémoire, veut me priver de la consolation de voir essayer cette pièce de Dufresny ; et par quel motif, il en éloigne, depuis trois ou quatre ans, la représentation surtout, ne pouvant doûter qu'il plairoit, par là à Mg^r. le duc D'Orléans, qui la lui a demandée.

J'ai l'honneur d'être, avec une estime sincere, et respec-

(1) *Le Jaloux honteux de l'être* fut donné par Dufresny aux Comédiens français le 6 mars 1708.

tüeuse, Mademoiselle, votre très humble et très obeissant
serviteur,

COLLÉ.

ce 2 7bre 1771
    au matin.

A Mademoiselle
Mademoiselle DOLIGNY,
Comédienne ordinaire du Roy, Rüe
de Seine, vis a vis celle du Colombier
Fauxbourg Saint Germain

Les difficultés du pauvre auteur sont grandes non
seulement pour la distribution des rôles, mais aussi
pour l'époque de la représentation, ainsi qu'en té-
moignent ces deux lettres à Mlle Doligny :

Ce mercredy, 13 Juillet.

Ma petite Mariane, ma petite Catau, mon petit conseil;
mais, surtout, ma petite Catau, qui parlez comme un homme,
qui aimez bien les uns, qui pincez bien les autres ; et qui
faittes le charme et le plaisir de tous ceux, qui vous voyent,
et vous entendent, dans vôtre grande cage des Thuilleries ;
ma charmante Catau, ... il n'y a point de danger, avec un
vieux oizeleur, comme moi.

Après ce préliminaire, que des esprits, sérieux, et ce qu'ils
apellent *des sages*, trouveroient, au moins, fort inutile, je
viens au fait, Mademoiselle ; et, c'est ce que les demoiselles
de mon temps trouvoient fort nécessaire ; et je vous dirai que
j'écrivis, hier au soir, a M^{rs}. les comédiens *une lettre de déter-
miné*. Je leur déclare que je ne trouve point honnête, ny
déçent d'être joüé dans ce moment. *Cela est positif, mon oncle,
et tres positif*. D'un autre côté, j'ai écrit a BRIZARD, d'une

façon, aussi décidée. J'ai joint, a ma lettre, pour les comédiens, *la distribution des Rolles,* dans laquelle M^r. Dalainval
sentira que je n'ai pas été trop la dupe *de ses petits dessous.*
M^r. Le Kain, au contraire, sera flatté, je crois, de la maniere
obligeante, dont je reponds au bon procédé, qu'il eût pour
moi, il y a quelques années ; ce procédé n'étoit pas cependant
si merveilleux ; car M^{de}. Vestris que je rencontrai, hier au
soir, même, aux Italiens, m'assûra que M^r. Le Kain n'avoit
point entendû me demander le Rôlle de *Conchiny,* mais *celuy
de Sully,* ce qui est faux de toutte fausseté !

Quoiqu'il en soit, Mademoiselle, je vous prie, et par vous,
et par tous vos amis, d'apüyer avec vigueur, mon sentiment,
dans lequel je suis confirmé par tous ceux à qui j'en parle.

Je vous suplie, aussi, ma petite Catau, de tirer une plûme,
de votre aîle, pour me faire part de ce qui se sera passé à
l'assemblée, au sujet de ma lettre ; en m'adressant la vôtre, a
ma porte, a Paris, elle me sera rendüe a la campagne, ou je
vais demain, pour deux mois, au moins. J'y reçois mes
lettres, tres régulièrement.

Il ne me reste plus, Mademoiselle, qu'a vous remercier de
la part, que vous prenez a ce qui me regarde. J'y suis, je vous
assûre, de la plus grande sensibilité. Je vous embrasse, sans
conséquence, et sans cérémonies, je vous aime trop, pour
employer touttes ces vilaines formules glacées ; et c'est, avec
sentiment, que je vous répéte que je vous estime, et que je
vous aime de tout mon cöeur.

Collé.

A Mademoiselle
Mademoiselle Doligny,
Pensionaire du Roy, Rüe de Seine,
Vis a vis la rüe du Colombier
Fauxbourg Saint Germain

*
* *

Aux Champs, ce Vendredi, 15 Juillet.

La comédie me met aux champs, Mademoiselle, vous entendez assez qu'au sens figuré, cela veut dire : que la comédie trouble, actüellement, mon repos ; et je ne me croirai, véritablement, a la campagne, que, lorsque, délivré de touttes vos poursuittes, je serai rendû a ma tranquillité ordinaire.

Je suis irrévocablement décidé a ne pas laisser joüer ma pièce, avant quatre mois. Je n'en démordrai pas. J'ai êcrit a M^r. de Sartine (1), pour prévenir les entreprises, qu'on pouroit tenter contre mon droit, incontestable. J'ai chargé mon ami, Le jeune M^r. de Meulan, de (mot raturé) remettre ma lettre a ce Magistrat, et de lui plaider ma cause.

Quoique M^r. de Meulan ne soit point de mon avis, je suis si persüadé de son amitié, que je ne fais aucun doûte qu'il soutiendra *ce que je crois être la vérité*, en croyant, lui, tout le contraire.

Voicy, Mademoiselle, une de ses raisons, la plus spécieuse : il pense que je me fais illusion sur l'honnêteté, et la délicatesse de mon procédé ; et il dit : *Lorsque le Roy ne voit point d'inconvénient à faire joüer, dans ce moment, vôtre piéce, que son ayeul avoit proscrite, est-ce, a vous, a voir plus loin que luy, à cet égard ? En convenant que votre maniére de voir est plus honnête, que la sienne, n'est ce pas trop le lui faire sentir, que de vous refuser a la représentation de votre pièce, pour des raisons, qui devroient venir de luy ? S'il n'y trouve point de malhonnêteté, pourquoy y en trouveriez-vous ?* cette objection a plus d'aparence, que de solidité. 1° ce n'est jamais le Roy ; ce sont ceux, qui, dans les différentes parties de l'administration, sont chargés de ses ordres, qui font toujours parler le Roy, qui, *surtout dans*

(1) Lieutenant-général de police.

des bagatelles, comme celle-cy, fait a peine attention à la décision, qu'on obtient de luy. Ce n'est, donc, pas au Roy, que peut s'adresser le prêtendû manque de délicatesse, que les autres ne sont point du tout obligéz d'avoir. 2° Si, toutte ma vie, Mademoiselle, j'eûsse reglé ma délicatesse, et mon honnêteté sur celle des grands seigneurs, je ne joüirois pas dans ma vieillesse, de la petite considération, que je me flatte que l'on m'accorde ; mais que j'ose dire hardiment que je mérite.

Enfin, j'ai ma façon de voir, et de sentir, et l'on ne doit jamais aller contre ses lumières, et son sens intime. Je puis mal voir peut-être ; Peut-être, suis je abusé par une fausse délicatesse ; mais, voilà comme je vois, voilà comme je sens !

Je vois, Mademoiselle, que, dans le public, on ne pourrait jamais croire que ce n'est pas moi, qui aurais sollicité la représentation de ma comédie. on verrait, dans cette démarche, qu'on doit nécessairement me suposer, un empressement d'enfant, ridicule, et suffisamment indécent ; on seroit révolté, de ce qu'à peine le défunt Roy a les yeux fermez, J'ay la manie d'auteur à un tel excés, que je ne puisse pas attendre que le plus mauvais temps de l'année pour les spectacles soit passé ; et que j'aye la rage de me faire joüer, auparavant que son deüil soit fini. Voila ce que l'on penseroit ; je dis plus : *voila ce qu'on devroit penser !*

Quant à ce que me marque M^r. de Meulan de l'incertitude de la représentation de ma piéce, si je ne saisis pas ce moment cy, cette raison la ne m'éfleure seulement pas. Je désire qu'elle soit joüée assurément ; mais je désire, encor mille fois plus, que tout cela se passe, avec toutte l'honnêteté, et là décence, qui me conviennent.

Vous êtes un peu étonnée, Mademoiselle, de tout ce long narré, et de ce que je vous adresse la réponse, que j'aurois dû faire à M^r. de Meulan, luy même ; en voicy les raisons, et l'explication.

Hier, à neuf heures du matin, avant que de partir, pour la campagne, je courûs chez M^r. de Meulan le prier de remettre à M^r. de Sartine, la lettre que je lui ai écrite, et de l'apüyer de son crédit auprès de ce magistrat. Je reçûs de M^r. de Meulan, presque sur le champ un billet, par lequel il m'exposoit son sentiment, tout a fait contraire, au mien, il finissoit par me marquer qu'il différeroit de rendre ma lettre à M^r. de Sartine, jusqu'a ce que je lui eusse fait ma reponse ; et il l'a eüe, et *très affirmative*, le soir même. Je ne luy êcrivis, que six lignes, et sans entrer en matière.

Aujourd'huy, Mademoiselle, j'y entre, avec vous, et d'une façon, si prolixe, que je crains bien de vous faire un peu périr d'ennuy ; mais, a cela prés, je compte faire, d'une pierre, deux coups, en vous excédant, plustôt que luy, de cette réponse, que je vous suplie de vouloir bien lui communiquer. D'abord, j'avais dessein de vous êcrire, pour vous dire ma détermination absolüe, et dont vous pouvez être sûre que je ne reviendrai pas. J'avois à vous dire, *sous le sçeau du secret* que, mercredi au soir, je me suis engagé, vis a vis de M^r. Dorat, de laisser passer, avant moi, la tragédie qu'il a à donner (1) ; preûve certaine encor que je ne veux pas être joüé. Je voulois vous prier, Mademoiselle, (*si vous n'y trouvez pas d'inconvénient,*) de lire a Mesd^es. Préville et Bellecour, mes motifs pour m'oposer a la représentation de ma comédie ; et que vous n'eussiez pas eûs aussi détaillez, si je ne vous avais pas adressé ma réponse à M^r. de Meulan ! Je prie mes deux amantes de se joindre à vous, Mademoiselle, pour détourner la fureur, que l'on a de me joüer, pendant mon absence ; et de ne pas attendre le retour de M. de Bellecourt.

Pardon, ma petite Catau, de l'excessive longueur de cette lettre, ennüyeuse, et odieuse, et fastidieuse ! Il faut passer un

(1) Sans doute *Régulus* joué avec *La Feinte par amour* le 31 juillet 1773.

peu de radotage, a mon âge, et surtout a un bonhomme, qui vous aime, et qui vous estime ; cecy soit dit, sans compliments, et sans signature.

J'oubliois une autre raison, que j'ai d'ennuyer, c'est que je suis a la campagne. C'est là qu'on écrit toujours longuement ! Malheur aux gens de la ville !

Je ne vous ai point parlé de ma seconde lettre, écrite à M^{rs}. les Comédiens, Jeudi au soir. Vous l'aurez veüe.

Enfin les rôles sont définitivement distribués en septembre 1773.

7bre. 1773.

Je n'ai reçû, Mademoiselle, vôtre lettre à la campagne, ou je suis, qu'aujourd'huy vendredi, a midi. ainsi, il ne seroit plus temps d'écrire a M^r. le Duc de FRONSAC.

Ainsi, Mademoiselle, il ne me reste plus qu'a resoudre la distribution des rôlles. Je l'ai déjà donnée a Messieurs les comédiens ; mais si elle êtoit perdüe, la présente renouvelleroit cette distribution.

Je désirerois donc, si l'on donnoit *Henry quatre* a la Comédie ; (ce dont je suis bien éloigné de me flatter,) que ce fut M^r. BRIZARD qui fit le Rôlle de *Henry quatre* ; M^r. de BELLECOUR, *Sully* ; M^r. LE KAIN, qui me l'a demandé *Conchiny* ; M^r. MONTVEL, *Bellegarde* ; M^r. PRÉVILLE, *Michau* ; M^r. MOLÉ *Richard* ; M^{de}. DROUIN, *Margot* ; vous Mademoiselle DOLIGNY, *Catau* ; et Mlle. HUS, *Agathe*. Les autres rôlles à qui on voudra les donner, excepté celui *de Lucas,* que j'avois oublié, *à M^r.* AUGER.

Vous pourez, Mademoiselle, faire usage de cette lettre, dans le cas, ou par impossible, suivant mon idée on permettroit la représentation de la partie de chasse.

Je suis, au reste, tres sensible, Mademoiselle, a tout ce

3

BIBLIOTHÈQUE NATIONALE — IMPRIMÉS.

que vous me dites d'honnête et d'obligeant, dans vôtre lettre ;
et, vous me trouverez toujours prêt a vous prouver en touttes
occasions, et le cas que je fais de vos talents, et l'estime
que j'ay pour vôtre persone ;

Je suis, avec un attachement respectüeux, Mademoiselle,
votre très humble et tres obeissant serviteur

COLLÉ

ce Vendredi au soir 23 7bre. 1773.

A Mademoiselle
Mademoiselle DOLIGNY,
Comédienne ordinaire du Roy, rüe
de Seine, vis a vis la rüe du Colombier
A Paris (1)

*
* *

Distribution des Rôlles de La partie
de chasse de henri quatre.

Henri 4,	M^r. BRIZARD.
Sully,	M^r. de BELLECOURT.
Conchiny,	M^r. LE KAIN.
Bellegarde,	M^r. DE MONTVEL.
Michaut,	M^r. PRÉVILLE.
Richard,	M^r. MOLÉ.
Margot,	M^{de}. DROUIN.
Catau,	Melle. DOLIGNY.
Agathe,	Mad^{elle}. HUS.
Lucas,	M^r. AUGER.

Le reste à volonté

ce 20 Septembre 1773

COLLÉ.

(1) *Louise Adélaïde* BERTHON de Maisonneuve, dite DOLIGNY,

Distribution des Rôlles de La partie
de chasse de henri quatre

henri 4, Mr. Brizard.
Sully, à Mr. De Bellecourt.
Conchine, à Mr. Le Kain.
Pelleghive, à Mr. De Montvel.
Michaut, à Mr. Gréville.
Richard, Mr. Molé.
Marget, à Mr. Drouin.
Catau, à Mlle Deligny.
Agathe, à Mademoiselle Huus.
Lucas, à Mr. Auger.

Le reste à volonté
ce 2e Septembre 1775
Collé

Le 16 octobre 1774, Collé donne la permission de représenter sa comédie :

8bre. 1774.

Mademoiselle,

J'adresse, aujourd'huy, a la Comédie, un exemplaire de *la Partie de chasse,* a la fin duquel est la permission pour la représenter.

Vous verrez, Mademoiselle, par ma lettre à M[rs]. les Comédiens, que je ne demande pas mieux qu'elle soit joüée, au commencement du petit deüil, ainsy que je l'ai promis par êcrit a ces Messieurs. Il s'agit d'aranger cela avec M[r]. le Duc de DURAS (1). Si la comédie veut que j'aye l'honneur de l'en presser, je lûy êcrirai avec plaisir, et en leurs noms, et au mien. Touttes reflections faittes, je crois que voilâ le moment de donner la représentation de ma piêce. aussitôt que M[r]. de BELLECOURT sera arrivé, et que les *Amants Généreux* (2) seront finis, je pense qu'il faudra aussi me finir ; et qu'on ne peut guéres, trouver de temps plus favorable ; et si Messieurs les Comédiens désirent de me joüer, je n'en ay pas

née à Paris, le 30 oct. 1746, morte à Paris le 14 mai 1823, veuve de Dudoyer de Gastels ; elle débuta le 3 mai 1763, par le rôle d'*Angélique* dans la *Gouvernante,* comédie en cinq actes de La Chaussée, et celui de *Zénéide,* comédie en un acte en vers de Cahusac ; reçue en 1764, elle se retira en 1783.

(1) *Emmanuel Félicité,* duc de Duras, né 19 déc. 1715 ; † 6 sept. 1789 ; premier gentilhomme de la Chambre.

(2) *Les Amants généreux,* Comédie en cinq actes, en prose, imitée de l'Allemand, par Rochon de Chabannes, 1774. Imitation de *Minna de Barnhelm,* de Lessing.

moins de desir, qu'eux mêmes. Je baise les mains de ma petite Catau ; et je suis son vieux serviteur

COLLÉ.

ce 16 Octobre 1774.

A Mademoiselle
Mademoiselle DOLIGNY,
Comédienne ordinaire du Roy rüe
de Seine, vis a vis la rue du Colombier
A Paris

Mais Mlle Hus (1) n'est pas contente de son rôle qu'elle désire rendre :

Paris ce ? 8bre. 1774.

Monsieur

Dans la distribution que l'on a fait ce matin de la *Partie de Chasse,* l'on m'a dit que vous aviez eu la bonté de penser a moi pour le rôled'*Agathe,* n'ayant pas eu votre choix dans la nouveauté, je ne puis accepter aujourd'huy l'honneur que vous me faites, je vous prie de m'en dispenser, je sais que c'est un rôle d'amoureuse, mais de deux roles d'amoureuses qui paroissent sur la scene, je suis fachée que vous me choisissiez pour le plus desagreable. Melle DOLIGNY y a eu tous les premiers d'agrement. Je vous prie Monsieur de vouloir bien le donner a quelqu'une de mes doubles. Je la doublerois volontiers si elle ne quittoit pas ce role pour un meilleur

---

(1) *Adélaïde Louise Pauline* Hus, née à Rennes, le 30 mai 1734 ; morte à Paris, le 18 oct. 1805 ; elle débuta à la Comédie Française le 26 juillet 1751, par le rôle de *Zaïre* ; élève, sans grand talent, de la Clairon, elle réussit grâce à sa jeunesse et sa beauté et l'appui des financiers ; reçue le 21 mai 1753 ; après avoir été la maîtresse de Bertin, elle épousa en 1775 un M. Lelièvre et se retira du théâtre en 1780.

dans la piece, ou je croirois pouvoir avoir l'amour propre de
le meriter comme elle. Ce n'est pas Monsieur que si vous
m'eussiez offert le meme role je l'eusse accepté. Je suis juste
et je ne depouillerai jamais mes camarades des rôles ou elles
peuvent avoir de l'agrément j'espere que vous sentez mes raisons Monsieur, et que vous voudrez bien donner ce role ou
a Madame Molé ou Mlle St Gervais. Ces dans cette esperance
que j'ai l'honneur d'etre Monsieur

Votre tres humble servante Hus
Pentionnaire du Roi

A Monsieur
Monsieur Colet lecteur
de S A S Mgr Le Duc d'Orleans
A Paris

Collé s'empresse de répondre :

Mademoiselle,

Je suis surpris que vous trouviez *le rôlle d'Agathe désa-
greable* en arrivant a la comédie, il a, donc, bien changé sur
la roûte ; car, il avoit parû, *dans les sociétés, noble et intéres-
sant.* C'est pour cela, précisément, que je vous l'ai offert.
Quoiqu'il en soit, Mademoiselle, je ne mettrai aucune humeur a tout cecy ; et, ce ne sera, que sur vos refus, réitérez,
que j'en disposerai. N'y mettez pas plus de passion, que moy !
J'arrive, le 12, a Paris. J'espére, qu'en mettant plus de sang-
froid dans vos réflections, vous l'accepterez.

J'ai l'honneur &c^a.

Dix jours avant la représentation, Collé écrit encore
à son artiste favorite :

9bre. 1774.

Je crains, Mademoiselle, d'avoir poussé trop loin mes

questions, dans ma derniére, car vous n'y avez point fait de
réponse. J'imagine que vous avez craint, vous même, de
vous compromettre, en me parlant, naturellement, sur votre
camarade M^r. DALAINVAL. Vous deviez être bien sûre, pour-
tant, que rien n'en transpireroit, et j'eûsse brûlé vôtre Lettre
si vous me l'eûssiez ordonné. Je suis, d'ailleurs, d'un âge,
et d'un caractére, qui doit rassûrer sur les indiscrétions.
Quoi qu'il en soit, Mademoiselle, et si j'ay déjà, peut-
être une tracasserie, ouverte, avec M^r. Dalainval, j'en ay une
très positive, avec Melle Hus, dont vous trouverez la lettre cy-
jointe, avec la réponse, que j'y ai faitte. Elle refuse le rôlle
d'*Agathe*. Je retourne à Paris, le samedi 12 ; je compte avoir
l'h.^r de vous voir, le Dimanche 13 avant 10 heures du
matin. Si vous ne pouviez pas me recevoir, je vous suplie de
me le marquer. Et, dans tous les cas, vous me feriez grand
plaisir, de m'écrire, et le plus promtement, qu'il vous seroit
possible, sans vous déranger.

Je n'ai rien d'arrêté sur ce Rôlle, Mademoiselle ; et j'ai
grand besoin de vos bons petits conseils ; croïez vous que
Melle FANIER pût s'en charger, et s'en tirât bien ? Je ne lui en
ai point êcrit, comme vous le croyez bien, et comme ma
reponse a Melle Hus, vous le prouvera ; sur vôtre avis, quelqu'il soit, je vous promets d'honneur le secret, le plus invio-
lable, de même que sur Dalainval, si vous voulez m'écrire
tout ce qui s'est passé. Parlez-moi, Mademoiselle, avec la
dernière franchise ; [je la] mérite, par l'estime, et l'amitié,
que j'ay pour vous. Au reste, nous traitterons tout cela plus
a fond, dimanche, si je puis avoir une causerie avec vous, et
si vous pouvez vous aranger, pour entendre, ce jour là, tous
mes radotages.

On m'a dit, icy, que l'*Henri quatre* des Italiens avoit été
donné ; mais j'ignore comment il a été reçû du Public :
pourriez vous me le dire ?

J'ai peur, Mademoiselle, de vous excéder de mes écritures, et de mes interrogations ; Je finis, donc, en vous assûrant que persone au monde ne fait plus de cas, que moy, et de vôtre personne, et de vos talents ; et ne vous chérit davantage, que vôtre vieux serviteur.

Ce 6 novembre 1774.

On comprendra que Collé, écœuré de toutes ces difficultés, ait trois années plus tard écrit la lettre suivante à Beaumarchais :

Je n'ay reçû, Monsieur, la lettre que vous m'avez fait l'honneur de m'écrire, le 27 Juin, que le 9 Juillet au soir, a ma campagne, ou je suis, inamoviblement, jusqu'a la fin d'Octobre. L'adresse mise au Palais Royal, ou je ne demeure pas, et la maladresse des suisses de Mgr le Duc d'Orléans, l'ont, sans doute, empeché de me parvenir plus tôt, quoique je dûsse l'avoir, le lendemain. Je ne m'apésantis sur ces détails, que pour ne point passer pour un impertinent, aux yeux de l'auteur du charmant Barbier, dont je me suis déclaré le plus zelé partizan. Je n'en manque pas une représentation.

Quant à l'objet de vôtre lettre, Monsieur, je vous avoüerai, avec ma franchise ordinaire, que si j'avois été a Paris, je n'en aurois pas eû davantage, l'honneur de me trouver a vôtre assemblée de M^rs. les auteurs dramatiques. Je suis vieux, et retiré, et degouté, jusqu'à la nauzée, de cette chère Troupe royale ! Dieu nous en envoye une autre ! Depuis trois ans, je ne vois ni comédiens, ni comédiennes ;

> *De tous ces gens là,*
> *J'en ai jusques là.*

Je n'en souhaitte pas moins, Monsieur, la reüssite de vôtre

projet ; mais, permettez moi de me borner aux vöeux, que je fais pour son succès, dont je doûterois, si vous n'êtiez pas à la tête de cette entreprise, qui a touttes les difficultez que vous pouvez désirer, car, vous avez prouvé au public, Monsieur, que rien ne vous étoit impossible ! J'ai toujours pensé que vous n'aimiez pas ce qui étoit aisé. J'en juge, par la hardiesse, que vous avez eüe de faire rire, malgré elle, au theatre, nôtre tendre nation, qui ne veut plus que pleurer, ou être intéressée, vertüeusement, parce qu'elle n'a plus de vertus.

J'ay l'honneur d'être, tres sincèrement, Monsieur, vôtre très humble et trés obéissant serviteur

COLLÉ

a Grignon, près Choisy-le Roy

    ce 10 Juillet 1777.

La Partie de chasse de Henri IV fut enfin représentée le 16 novembre 1774 avec le plus vif succès.

L'ingénieur et architecte Léonard RACLE (1) dont les travaux et les relations avec le philosophe de Ferney ont conservé la mémoire, dans une lettre qu'il écrit à Voltaire le 26 décembre 1774, c'est-à-dire peu de jours après la première représentation de la pièce de Collé, parle de la *passion* qu'on a pris pour elle (2) :

(1) Lettre autog. signée de ma collection. H. C.
(2) On pourra consulter sur Racle la notice suivante :
Notice biographique sur M. Léonard Racle, de Dijon, Par C. N. Amanton. Nouvelle Édition, Avec quelques corrections, des additions et des notes. Dijon, de l'imprimerie de Frantin, 1810, in-8, pp. 17,
« M. Léonard Racle, architecte-ingénieur, associé correspondant de la Société d'émulation de Bourg-en-Bresse, né à Dijon

Monsieur,

J'ose esperer que vous voudrez bien agréer a ce prochain renouvellement d'année, l'hommage respectueux de votre plus fidel vassal, et lui permettre de joindre ses vœux à l'Europe, non pas chrétienne, mais Philosophe. il est bien juste que vous jouissiez longtems, Monsieur, dans ce monde de la bienfaisance en tous genre que vous y répandez sans cesse.

J'ai eu l'honneur de souper, chez M^{de} de St JULLIEN, avec Mr de FARGES qui parait bien jaloux de vous faire sa cour, Monsieur, entendant les bras a votre colonie de Ferney, de tous son pouvoir.

Les affaires paraissent, icy, jouir d'un assés grand calme. l'effet des dernières révolutions sera bientot dans l'oublie, si ce n'est dans les comités des intéressés, ainsi que cela ce pratique dans ce beau Pays.

On a pris une passion pour la *Chasse de Henry quatre* qui n'a point d'exemple. indépendamment de la protection que notre jeûne et belle Reine, a accordé a cette pièce, le Public trouve un très grand Raport entre votre héros, Monsieur, et

le 30 novembre 1736, mourut à Pont-de-Vaux, membre de l'administration du Département de l'Ain, le 8 janvier 1791. »

« Son père était d'Auxonne, et sa mère de Dijon. »

p. 1.

« C'est ainsi que la *colonie de Ferney*, le *pont de Versoix*, le *canal de navigation de Pont-de-Vaux* pour la jonction de *la Reissouze à la Saône* : établissemens qui attestent la bienfaisance de M. de Voltaire, les grandes vues administratives du duc de Choiseul et le patriotisme éclairé de M. Bertin, leurs fondateurs, attachent une sorte de célébrité au nom de M. Racle qui fut, pou ainsi dire, l'âme, l'œil et le bras dont ils empruntèrent le ser cours. »

pp. 2-3.

le petit fils de Louis quinze ; mais dans le triple talent de
l'original, il en est un qui n'a point encore parue dans la
copie, au grand déplaisir des dames : il se dévelopera sans
doute. le cadet vient d'en donner l'exemple.

J'ai demandé, à Mr. de TRUDAINE, la résiliation de mon
marché de Versoix qui m'est accordée ; il en resulte un compte
définitif après lequel je soupire depuis longtems ainsi qu'après
le recouvrement de plus de 150 000ᴸ bien et duement constaté
par un procès verbal, qui a été dressé le 19 9ᵇʳᵉ 1772. par
ordre du Conseil. Si, Mʳ AUBRY était icy je finirois pour les
premiers jours du mois prochain. comme c'est lui qui a été
commissaire dans cette affaire, c'est a lui a rédiger le raport
qui doit être fait au conseil ; on l'atend. ha bon Dieu ! si je
peux obtenir un jour ce fruit de mon travail, il ne le rattra-
peront pas de sitot. au surplus c'est le moment de demander
justice, surtout quant on est partie souffrante depuis quatre
ans ; terme auquel je ne serois jamais arrivé sans les secours
essentiels que vous avez bien voulu me tendre, Monsieur, et
dont je conserverai le souvenir jusqu'au dernier soupir. Si je
n'avois pas eu contre moy tous les changements de ministre
et d'intendant, mon affaire serait coulée à fond dans ce moment ce qui me mets encore dans l'embarras pour mes der-
niers engagemens dans le commerce.

J'ai l'honneur d'être avec le plus profond respect Monsieur
Votre très humble et tres obeissant serviteur
RACLE.

.A Paris, le 26 Xᵇʳᵉ 1774.
P. S. C.

On vous aura mande sans doute, Monsieur, que le Roy
avait dit à Mʳ de M... que M. TURGOT n'allait jamais a la
Messe et que M. de M... avait répondu *j'aurai l'honneur
d'observer a Votre majesté que M. l'abbé Terray y allait tous
les jours.*

La Partie de chasse du roi Henri IV fut imprimée dans le t. I, 1785, du *Recueil des Pièces de théâtre,* de Le Texier ; dans le t. XXII, 1803, du *Répertoire du Théâtre-français,* de Petitot ; dans le t. XIII du *Théâtre des Auteurs du second ordre* ; dans les *Chefs-d'œuvre dramatiques du* xviiie *siècle,* de Jules Janin, 1872. — Le Théâtre de Collé avait été publié en 1784 (1).

Talma, le grand Talma lui-même, ne dédaigna pas de jouer le rôle d'Henri IV, dans lequel il succédait à Fleury, dans la pièce de Collé en 1815, et il fut excellent (2).

M. Truffier (*l. c.*) nous rappelle que « dans le *Nouveau théâtre de la Société d'Anspac et de Triesdorf* (1789, in-8) contenant les pièces jouées à la cour du margrave d'Anspach après le départ de Mlle Clairon, on trouve la *Partie de chasse* avec additions de quelques scènes entre des pages et des musiciens, puis entre ces pages et Catau ».

Un opéra héroi-comique fut tiré par. S. Buonaiuti de la comédie de Collé et fut joué en 1809 au King's Theatre, dans le Hay-Market, à Londres, avec la musique de V. Pucitta (3). Celui-ci, que Fétis nomme

(1) Théâtre et OEuvres de Collé. Paris, Cailleau, 1784, in-8. 3 fig. par Monnet, gravées par Mathieu et Legrand.

(2) Cf. P. Regnier. — *Souvenirs et Études de Théâtre,* Paris, 1887, pp. 288 et suiv.

(3) La Caccia di Enrico IV ; or, Henry the IVth of France's Hunting Party. An heroi-comic Opera, in Two Acts : By S. Buo-

Puccita, né à Rome en 1778, fut attaché, sous la direction de Mme Catalani, comme accompagnateur à l'Opéra italien de Paris où il fit de nouveau représenter le 28 octobre 1815, *La Caccia di Enrico IV*. Trois autres opéras italiens avaient déjà été représentés sous ce titre : à Venise, en 1784, musique de Bianchi ; à Barcelone, en 1788, musique de Tossi ; et à Naples, en 1783, musique de Tarchi ; un autre opéra de ce nom, musique de Raimondi, a été donné dans cette même ville vers 1822.

En 1826, Castil-Blaze, d'après Collé, écrivit un opéra-comique en trois actes, qui fut joué le 14 janvier à l'Odéon : Mozart, Beethoven, Weber, Rossini, Meyebeer et quelques autres avaient été mis à contribution pour la musique (1).

naiuti. (Totally altered and re-written.) As represented at the King's Theatre in the Hay-Market. — The Music (entirely New) by Signor V. Pucitta. — Entered at Stationners' Hall. Second Edition. London : Printed by Brettell... and sold at the Opera-house, and no where else. — 1809. Price two Shillings (and no more), pet. in-8, p. 75.

Texte italien et anglais.

(1) La Forêt de Sénart, ou la Partie de Chasse de Henri IV, Opéra-comique en trois actes, d'après Collé ; Paloles (*sic*) ajustées sur la musique de Mozart, Beethoven, Ch.-M. Weber, Rossini, Meyerbeer, etc., Par M. Castil-Blaze. Représenté, pour la première fois, à Paris, sur le Théâtre royal de l'Odéon, le 14 janvier 1826. Paris, chez Castil-Blaze, rue du Faubourg Montmartre, n° 9, près du Boulevart, 1826, in-8, pp. 59.

Victor FOURNEL qui fut un écrivain délicat et instruit a pu écrire avec juste raison :

« L'aisance du dialogue, le naturel et la vérité des sentiments, l'habile peinture des caractères, la naïveté, souvent exquise, des détails font aisément pardonner les défauts du plan, qui manque un peu d'ensemble et d'unité. Si Collé avait fait beaucoup d'ouvrages pareils, sa place serait marquée bien au-dessus des vaudevillistes ordinaires, et il mériterait d'être compté parmi les plus charmants écrivains du théâtre français (1). »

Le Théâtre de l'Odéon a repris avec succès *La Partie de Chasse du roi Henri* le 10 septembre 1886. Je l'ai vu jouer avec grand plaisir.

(1) *Biographie générale.*

BIBLIOTHÈQUE NATIONALE — IMPRIMÉS — R. F.

CHARTRES. — IMPRIMERIE DURAND, RUE FULBERT.

www.ingramcontent.com/pod-product-compliance
Ingram Content Group UK Ltd.
Pitfield, Milton Keynes, MK11 3LW, UK
UKHW021708090726
13657UKWH00005B/2104